KB233495

조금만 더
팔을
벌려 준다면

조금만 더
팔을
벌려 준다면

오다형 지음

이담
Books

서문

"따르릉! 따르릉!"

고등학교 첫 기말고사를 마치고 오랜만에 편히 쉬던 주말이었다. 투명한 햇살이 방 안에서 졸고 있었다. 집에서 키우는 앵무새 두 마리가 새장에서 파닥대고, 바닥에 비춘 그림자도 덩달아 이리저리 날아다녔다. 나는 수화기를 집어 들었다.

"오다형 학생이시죠?"
"네, 그런데요."

수화기를 한쪽 어깨로 받치고 머리를 긁적였다.

"안녕하세요, 교과용 도서 저작권협회에서 전화드립니다. 오다형 학생이 초등학교 5학년 때 쓴 시가 2012학년도 초등학교 6학년 도덕 교과서에 실렸네요, 저희는 학생창작물 저작권보호를 위해……"

이미 고등학생이 되어 버린 나에게, 그 뒤로 일어난 일련의 사건들은 내가 생각해도 참 신기하고 새로웠다. 전국 초등학생들이 보는 도덕책에 내가 쓴 시 "조금만 더 팔을 벌려 준다면"이 실린 것이다. "이런 일이 실제로 일어나는구나." 하면서 놀람과 기쁨이 교차했다. 한편으로는 내가 쓴 시가 대단한 시인의 작품도 아닌데 이런 대우를 받는 것이 걱정되기도 했다.

매일 산문으로만 써야 하는 방학일기에 질렸다는 이유로 시작했던 것이 바로 시 쓰기였다. 초등학교 2학년 때 처음 병아리를 보고 쓴 시를 당시 담임선생님이시던 박명숙 선생님께서 진심으로 칭찬해주셨다. 그때부터 나는 본격적으로 시를 쓰기 시작했다. 교과서에 실린 위대한 시인들과 같은 시를 쓸 수 있으리라는 생각은 하지 않았다. 나는 단지 나만의 시를 쓴다는 것이 좋았다. 마지막 행을 마무리하기 위해 연필 뒤쪽을 씹을 때의 고민, 시의 연을 분리하는 여백의 울림, 종이 위에서가 아니라 입 안에서 맴도는 그 리듬이 그냥 좋았다.

그래서인지 항상 내가 쓰는 시는 그날그날 일어났던 사소한 일들로부터 시작되었다. 잠자리의 날갯짓을 따라가다가 언뜻 마주친 가을하늘, 노란 불빛 아래 전시된 이중섭의 그림, 언니와 내가 직접 만든 말투, 잘 씻어진 딸기, 어제 먹었던 비빔면. 이런 사소한 것들이 초등학생이었던 나의 소재이자 감상이었다. 교과서에 실린 "조금만 더 팔을 벌려 준다면"이라는 시도 단순히 통일을 염원하는 시는 아니다. 어떤 사람이 보기에는 두 친구 사이의 화해에 대한 이야기일 수도 있고, 가족들 간의 재회를 다룬 이야기일 수도 있고, 서로 다른 종교의 화합을 말하는 이야기일 수도 있으며, 갈라진 민족의 통일을 바라는 이야기일 수도 있다. 나는 부족한 내 시가 6학년 도덕 교과서에 실릴 수 있었던 가장 큰 이유는 그것이 아닐까 한다. 남북통일이라는 어려운 말 뒤에 얽히고설킨 정치, 외교적 갈등을 나는 알지 못했다. 그래서 내가 할 수 있었던 유일한 일은 그저 내 일기장에 그날 있던 일들을 시로 쓰듯이, 모두가 가지고 있는 화해의 감정을 시로 풀어내는 것이었다.

어떻게 보면 통일뿐만 아니라 그 어떤 사회 문제에 있어서도 우리가 제일 풀기 어려워하는 문제는 가장 단순한 문제들이다. 열두 살 또래 친구 둘 간의 화해가 남한과 북한 두 나라의 화해와 본질적으로 다를 것이라고 나는 생각하지 않는다. 통일이라는 갈등도 사회주의와 민주주의의 대립, 외교적 갈등, 동아시아의 이해관계 등 온갖 어려운 문제들이 그 위를 덮고 있지만, 결국 그 밑바닥에 있는 것은 여느 꼬마들의 토라짐과 같다. 한 걸음 더 양보하는 것, 한마디 더 들어주는 것, 한 움큼 더 이해하는 것. 초등학교 5학년의 내가 말하고 싶었던 것은 그것이었다.

이 시집 『조금만 더 팔을 벌려 준다면』을 발간하게 된 계기는 상업적인 결과를 위해서도, 내가 이제껏 쓴 작품에 대한 평가를 받고 싶어서도 아니다. 많은 학생들이 '시'라는 것은 어른들이 엄청난 고민과 생각 끝에 겨우겨우 쓰는 것이라고 여기는 경우가 많다. 그렇지만 내가 생각하는 시는 하루하루를 그려내는 것이 시다. 맞춤법이 틀려도 좋다. 진부한 표현이 들어가도 좋다. 함축적인 의미, 은유적인 표현도 없어도 된다. 그저 내가 초등학교 2학년 때부터 종이에 물이 스며들듯 조금씩 써 왔던 시들을 출판함으로써, 처음 시를 쓰기 위해 일기장에 연필을 대는 학생들의 설렘이 더 많아졌으면 하는 바람이다.

나만의 추억으로만 간직하려고 쌓아둔 일기장에서 이 시집이 나오기까지는 많은 사람들의 도움이 있었다. 먼저 내가 쓴 시를 읽고 가슴 따뜻해지는 칭찬을 해주시는 부모님, 항상 나에게 특이한 소재를 제공해주던 언니, 초등학교 2학년, 처음 내가 시를 쓸 수 있게 해주신 박명숙 선생님과 초등학교 5학년 때 일기장에 하루도 빠지지 않고 감상평을 적어 주시던 김혜련 선생님. 지금 읽어 보면 부끄럽기까지 한 나의 시를 배우게 될 초등학교 6학년생들, 그리고 나의 하루하루를 만들어 가던 유리창 위 파리똥, 양재천의 벚꽃, 내가 키웠던 병아리 등 모든 자연에게 고맙다.

용인외고에서 오다형

추천사

To. 큰 기쁨을 안겨 주고 많은 것을 느끼게 해주었던
    사랑하는 나의 소중한 첫 제자 다형이에게

반짝반짝한 눈망울로 선생님을 바라봐주고, 오물쪼물한 작은 입으로 웃으며 얘기하던 몹시 사랑스러운 나의 첫 제자 다형이. 선생님과 5학년 6반 아가들이 함께했던 풋풋하고 행복했던 그때의 추억이 아직도 너무나 행복하게 떠오른단다. 굳이 말하지 않아도 서로를 바라보는 눈빛에서 우리가 얼마나 아끼고 사랑하고 있는지 느낄 수 있었지. 첫 사랑과 첫 정을 한껏 쏟아부었던 그 시절 사랑하는 첫 제자들과 함께할 수 있어서 학교 가는 길이 정말 행복했단다. 교사가 된 것을 진심으로 감사하게 생각하며 하루하루 최선을 다하며 즐겁게 보냈던 것 같아.

모두가 인정하는 훌륭한 인성과 착한 성품을 지니고 있는 데다 공부까지 잘하던 무엇 하나 부족함이 없던 우리 다형이!

늘 웃는 얼굴로 선생님과 친구들을 대하고, 친구들의 질투 어린 말에도 웃어넘기며 화 한 번 내지 않던 다형이…… 미술 시간에는 조용히 앉아 정성스럽게 그림을 그리고, 체육 시간에는 '쿵타리 샤바라' 음악에 맞추어 신 나게 춤을 추고, 작은 입을 야무지게 꽉 물

고 50m를 전력 질주하던 다형이……. 선생님에게 참으로 어여쁜 시와 생각들을 정성 가득 담아놓은 일기장을 펼치는 설렘과 기쁨을 안겨주었던 다형이……. 항상 무슨 일이든 즐기는 마음으로 최선을 다하던 다형이가 선생님의 제자라서 너무 감사하고 행복하단다.

꼬물꼬물 어린 시절의 추억에만 머물 것 같던 다형이가 어느새 이렇게 훌쩍 커서 그동안 예쁘게 써온 시들을 모아 작품집을 낸다니 진심으로 축하한다. 지금까지 너무나 훌륭하게 잘 자라온 것처럼 다형이가 넓은 세상의 큰 희망의 씨앗이자 빛으로 성장할 수 있도록 아낌없이 축복하며 응원할게.

사랑한다. 나의 자랑스럽고 소중한 첫 제자 다형아!

From. 사랑과 그리움을 가득 담은 선생님이

오다형 학생의 시를 읽으면서

"나팔꽃보다 먼저 일어나 아침을 맞는 싱싱한 웃음 한 송이"

글은 인간생활의 편리를 위해 체계화된 약속에서 출발하였다.

글이 문학으로 재탄생할 때는, 출산하는 인간의 의식을 통해 청결과 오염이 동시에 일어난다. 산모가 습득하고 섭취한 모든 것들이 아기의 탄생에 근본을 지탱하듯, 글을 문학으로 탄생시키는 데는 태교의 절제된 시간보다 더한 절제가 쌓이고 모여야 감동이라는 절대의식의 형체를 이룬다. 문학은 인간의식의 발전을 위한 도구이기에 스쳐 지나온 토양이 어디냐에 따라 작황과 결실이 또한 달라진다. 글을 문학으로 변화시키려고 한다면 화분에 옮겨 심은 꽃을 피우려는 자신의 노력이 절실하게 필요하다. 또한 자연으로부터 다가온 그 꽃을 바라보며 자신의 감성을 어루만지는 기회를 잡아당길 줄 아는 사람이어야 한다.

오다형 학생이 초등학교 1학년 때부터 쓴 시를 읽으면, 진솔하고 담백하게 정성을 담은 어린 삶이 글 위로 뛰어다니며 춤추는 듯하다. 1부에서부터 6부까지 저자 자신의 구체적인 체험이 시를 통해 전해져 온다. 한 편 한 편의 시를 읽을 때마다 옆자리에서 나불거리는 친구들의 어울림이 소리로 들린다. 어린 마음에 자리 잡은 어른의 익숙한 사물관(觀)이 춤을 춘다. 어린 마음을 스쳐온 글들이 때론 눈물겹고 때론 웃음이 나며 글 속의 설익은 어른의 삶을 주고받는 듯하다. 읽는 이로 하여금 행복해지는 기쁨을 선물해 준다.

어린 나이답지 않게 밝고 긍정적인 인생관은 '꿈'을 품은 학생의 겸손함과 신뢰가 엿보인다. 능동적이며 적극적인 생활자세가 있다. 사물을 관찰하는 타고난 감각이 꾸준한 노력과 나이보다 앞서는 열정으로 나타난다. 건강한 소녀로 성장해 가는 과정이 시 속으로 들어와 다소곳하다. 창의력과 사고력의 깊이가 남과 협력하며 더불어 살아가는 인격자로서 참신하게 성장하고 있다. 대한민국을 위하여 분명, 자신의 몫을 펼칠 것이다. 건강한 의식과 철학이 있어 꿈이 있고 희망이 있다.

오다형 학생의 내면에 내재되어 있는 인생관의 무한한 가능성을 활짝 열어주는 것은 긍지와 자신감을 갖고 긍정의 자아(自我)를 정립해 가는 정진의 길이기도 하다. 글이 시 문학으로 변화할 때 시심의 고통과 시련을 역이용하여 축복으로 만들고 인류와 함께 나누는 발전의 큰 틀을 기다린다. 그 길에는 가시밭의 시련도 뛰어넘고 희망을 피워내는 시심의 기도와 함께하길 바란다.

오다형 학생의 시를 읽는 순간이 내 남은 생애의 첫날 아침을 열

듯이 나팔꽃보다 먼저 일어나 아침을 맞는 싱싱한 웃음 한 송이처럼
손바닥 얼얼하도록 박수를 보낸다.

2013년 새봄을 맞는 날
시인 천숙녀

목차

초등학교 5학년 때 쓴 시

중·고등학교 때 쓴 시

초등학교 1학년 때 쓴 시

종이 종이 종이접기

친구들과
옹기 종기 모여 앉아서
네모난 종이로
새 작품을 접고 있어요.

까뭇까뭇 손때
묻혀가면서
꼭 꼭 다리미질
잘해 가면서
멋진 거울을 만들어 봐요.

거울을 만들고 나니
손의 힘이 쫙 빠져요.

보라색 나팔꽃

보라색 나팔꽃이
화알짝 피었네.

연두색 잎 속에서
조그마한 고개를
빼꼼히 내놓네.

나보다 더
일찍 깨어나
친구인 병아리의
말동무 되어주네.

뚜둑, 또딕, 톡톡

비가 우산 위에 떨어졌다.
빗방울 소리가 장구 소리같이 울려 퍼졌다.

꽃들이 비를 맞으니 더 싱싱해 보였다.

나리꽃의 꽃술을 손톱에 발랐더니,
노란 매니큐어 같았다.

수국에 가까이가 살펴보니
빗방울이 조롱조롱 맺혀서 더 맑아 보였다.

꽃과 나무들은 비 오는 날
더 행복한가 보다.

몽당연필

어떻게 저렇게
짧게 만들어졌을까?

작고도 귀여운
나의 몽당연필

너무나 작아서
칼로 깎은 몽당연필

몽당연필이 더
작아지면 어쩌지?

피아노 소리

새하얀 치즈 위에
검은 초콜릿

연습은
다섯 번 밖에 없지만
너무나
길게 느껴져요.

연습은 지겹지만
아름다운 소리는
늘 있어요.

칼

무서운 칼

당장 내 손을
벨 것 같다.

날카로운 칼

곁에만 가도
손이 발발
떨리네.

꿈속에도 나타나는
무시무시한
칼

먹보 스파트 필름

먹보 스파트 필름

이틀 만에 물이 다 없어졌다.
물 많이 먹고 키가 쑥 ― 큰다.

푸릇푸릇 먹보
나의 스파트 필름

내일이 방학이다

방학 때 무엇을 할까?

나는 수영장이나 바다로 가면 좋겠다.

왜냐하면 물속에서
허푸허푸 수영을 할 수 있기 때문이다.

방학이 기다려진다.
갑자기 시간이 느려지는 것 같다.

나는 마음이 바쁜데……

초등학교 2학년 때 쓴 시

공개수업

오늘은
공개수업 하는 날

자신감을 갖고
교실에 들어오지요.

시간이 지나
어머니 한 분이 오시는데

오시는 걸 보니
얼굴이 화끈화끈

한 분이 오실 때마다
가슴이 '철렁' 내려앉아요.

이런 마음을
엄마들은 아실까?

어버이날

오늘은 어버이날
부모님 세상

어린이날 연극 보고
놀이동산 갔으니

오늘은 엄마 옷도
퍽석퍽석 털고

아빠 구두도
반질반질 닦고

쨍강 그릇이 깨져도
설거지는 해야지.

오늘 하루 부모님께
효도해야지.

고양이

살금살금 기어가다
폴짝 뛰어올라
담을 훌쩍 넘는 녀석

골목길에 숨죽이고 숨어 있다
'야옹' 하며 나타나서
움찔 목이 움츠러들게 하는 녀석

언제나 말썽을 부리고
나를 놀라게 하지만
아무리 봐도 귀여운 느낌이 들어요.

말썽쟁이 철사

철사는 말썽쟁이
철사로 뭐하기도 전에
손목에 감기고

이쪽을 풀면 저쪽이 감기는
그런 말썽쟁이 철사

아무리 야단쳐도
아무리 혼내도
언제나 제멋대로인
말썽쟁이 철사

사랑초

나의 사랑을 가득 담고
자라는 사랑초

힘차게 줄기를 뻗는
멋진 사랑초

오그라들었다 펼쳐지는
신기한 사랑초
내 사랑을 독차지한
내 자랑스런 사랑초

일기는 누굴까?

일기는 누굴까?
우리 비밀을 털어놓을 수 있는 곳이지.

일기는 누굴까?
자기 느낌을 모두 진실하게 적어내는 곳이지.

일기는 누굴까?
우리의 소중한 친구지.

새 컴퓨터

반짝반짝 빛나는
새 컴퓨터

뭐든지 말하면
다 들어줘요.

화면이 위잉윙
바뀔 때마다

내 마음엔 활짝
만족감 피지요.

가을이 풍기는 향내

횡횡 가을바람
불어올 때마다

잎들이 발갛게
얼굴을 붉히고

한 걸음 한 걸음
내딛을 때마다
단풍이 조금씩
보스락거리네.

가을의 향내가
서서히 피어나네.

단풍잎

뭐가 부끄럽나
얼굴을 붉히는

빨갛게 물들인
부끄럼쟁이 잎

아기의 손 같아
잡아보려 하면

바람을 따라서
떨어지는 잎들

단풍이 하나씩
물들여질 때에

세상사람 마음
따사로워 지네.

가을하늘

가을 하늘 푸른 하늘에
구름 한 줌 떠다니네.

새들이 짹짹 귀엽게
속삭이고 있을 때도,

푸른 가을 하늘 방긋
웃어 주기만 하고는

가을의 멋진 하늘을
열심히 뽐내면서도

사람들 마음이 하얀
구름처럼 변하도록

살그머니 구름들을
뿌리고 웃음 짓네.

신발

오롱조롱 쬐끔한
아기신발

뾰족뾰족 하이힐
엄마신발

매끈매끈 검정구두
아빠 신발

아침엔 매일매일
나가 있지만

밤엔 신발장에 모두
가지런히 놓여 있지요.

초등학교 3학년 때 쓴 시

비밀 일기

누가 볼까 두근두근
가슴이 조마조마

엄마 몰래 조심스럽게 쓴
나의 비밀 일기
무거운 자물쇠통으로
꼭꼭 잠가 놓고

조그만 상자에
조심조심 넣어 놓고

무슨 큰 비밀이라도
숨겨 놓은 듯

누가 살짝만 치고 가도
깜짝깜짝 놀라네.

먼지 풍풍 쌓여 있는
보물 상자에

속닥속닥 나의 비밀 일기
잘 감추어져 있어요.

마음을 들여다볼 수 있다면

친구를 괴롭히는 사람의 마음을
볼 수 있는 거울이 없을까?

볼 수만 있다면
그 친구의 마음의 불만을 나눌 수 있을 텐데

마음속을 보면
어떤 마음이 보일까?

엄마에게 혼나는 슬픈 마음?
친구들과 싸웠던 아픈 마음?

그 친구 마음에 있는 무거운 돌을
내가 옮겨 줄 수만 있다면.

랄프 선생님

노란 머리에 키다리 키
우리 영어 선생님은 랄프 선생님

게임도 많이 하고
노래도 열심히 부르고

어떨 땐 맹수같이 화내기도 하고
어떨 땐 엄마 품처럼 칭찬해 주기도 하고

아무리 둘러봐도 한국인이 아니라서인지
왠지 괜히 낯설다.

우리 원어민 영어 선생님
우리 랄프 선생님

내 친구 삼돌이

개울가를 고향 삼던
너의 조그만 모습이여!

너의 모습은 이제
간 곳 없이 달라졌구나!

나는 네 어릴 적 모습
기억하는데

너는 이제 훌쩍
커버렸구나!

우리의 너에 대한 관심을
아직 마음속에 품고 있니?

친구들이 너에게 쏟던
관심과 사랑이여!

네가 살던 고향으로
다시 발걸음 돌릴 때
추억으로 마음속에

기억하면 좋겠구나!

언젠가 더 컸을 땐
키워 준 우릴 향해

개굴개굴 그 소리로
울어주면 좋겠구나!

수학시험을 치르고

긴장되고 기대됐던
수학경시대회

열심히 열심히
진땀 빼며 검산하곤

아무래도 틀릴까봐
걱정이 태산

자신은 있어
잘봤다고 했지만

한편으론 망치지나 않았나
또 걱정이 되고

수학경시대회 결과가 나온 날
선생님이 두꺼운 시험지 들고 오셨네.

저 조그만 시험지가
나의 칭찬과 혼을 결정한다니

너무너무 걱정된다.

하지만 그날
나는 집으로 내달렸네.

내 발이 나를
최대한 빨리 데려다 주었으면……

내 손의 시험지
100점이라고 점수 칸에 써 있던 시험지

삼각김밥

공부하던 중에
떼구르르 굴러온

입에 군침이 감도는
맛있는 삼각김밥

바닷물처럼 파란
찰랑거리는 팬돌이

한입 베어 물고
또 한입 베어 물고

우리들 입에
웃음 퍼지면

맛있던 삼각김밥
더 맛좋아 보이네.

친구와 사이좋게

깔깔깔 하하하 환한 웃음 속에는
사이좋은 친구의
우정과 사랑이 담겨 있고요.

확 토라진 삐친 마음속에는
기분 나쁜 친구의
미움과 싫음이 담겨 있어요.

새끼 걸고 꼭꼭 약속하는 손가락에는
약속하는 친구의
정직과 믿음이 담겨 있고요.

손 맞잡고 꾸욱 악수하는 손에는
화해하는 친구의
미안함과 죄책감이 담겨 있어요.
사이좋은 친구 사이에는
아름다운 천사가 날아다니고
미워하는 친구 사이에는
질투 많은 악마가 생긴답니다.

청계천 지킴이

우리 가족 청계천에서
주말마다 봉사하다가

신문에 실렸는데
너무나 뿌듯했다.

누구한테 말할까?
누구에게 물을까?

그런데 그런데
우리 담임선생님께서
TV로 우리 가족의 기사를 보여 주신다.

친구들 얼굴엔 부러움이 가득
내 얼굴엔 기쁨이 가득

청계천 지킴이가 되어 보자.

청계천 지킴이로서
땀흘려 봉사해보자!

줄넘기

추운 바람 매섭게
불어 오던 날

체육시간 되어
외투 껴입고

운동장으로
줄넘기 들고 뛰어나간다.
탁탁탁탁
쌩쌩 추운 날씨여도

줄넘기
즐겁게 넘다 보면

추위는 어느 새
달아나 버렸는지

후덥지근 땀 냄새가
여기저기서 풍겨 온다.

서로서로 누가 잘하나

뽐을 내면서

탁탁탁탁
줄넘기 줄은

우리 다리 뒤로
자꾸만 피하려 든다.

조금만
줄넘기가 심술부리면

쌩쌩 가던 줄이
'툭' 하고 끊겨 버린다.

꺾기로도 나가고
쌩쌩이로도 나가고

모둠발로도 나가고
외발뛰기로도 나가고

이리저리 다리 사이

이렇게 저렇게 빠져 다니며

줄넘기 줄은 변덕스럽게
이것저것 다 해본다.

안 되는 게 있으면
주인이 금방 시무룩 해질까봐

못하는 게 있으면
아이가 바로 실망해 버릴까봐

오늘도 줄넘기 줄은
쌩쌩 탁탁

우리 다리 사이로
허둥지둥 뛰어나간다.

흔들리는 마음

잠을 너무 늦게 잔다고
엄마한테 혼이 났다.

엄마가 너무너무 미워서
절대 말대답도 안 해야지, 한다.

이불 머리끝까지 뒤집어쓰고
밤에 훌쩍훌쩍 울고 있는데

엄마가 안아 주시고 위로해 주셨다.
이럴 땐 어떻게 해야 하나

꼭 미워하려 했는데
꼭 싫어하려 했는데

자꾸만 내 마음이 흔들려
엄마 품에 안겨 그냥 우앙~~ 울고 싶다.

어떻게 할까?
어떻게 할까?

흔들리는 내 마음
어찌 할까 전혀 모르겠다.

초등학교 4학년 때 쓴 시

분필

하얀색 원기둥 모양의
조그만 분필

칠판이
간지러워하지 말라 해도

분필은 아랑곳하지 않고
칠판 위를 질주한다.

너무 열심히
뛰어 버렸나.

어느새 분필은
반으로 줄어 있다.

그래도 칠판에 쓰인
또박또박 글씨 한 자 한 자 보며

반쪽이 된 분필은
하얀 땀가루 툭툭 털어낸다.

가로수 길

학교 가는 길
가로수 길은
계절 하나 하나마다
새로운 풍경이다.

봄에는 새로운 희망의 새싹
약속이라도 한 듯 어김없이
개운한 봄비 맞으며
꽃들도, 풀들도, 나무들도

다시 한 번 삶을 시작한다.

여름에는 푸르른 동물들의 쉼터
잠시 쉬었다 가세요.
나무들이 손짓하면
새, 벌, 애벌레 할 것 없이

모두 모여 평화롭게 휴식을 즐긴다.

가을에는 추석 색동저고리
노란, 빨강, 주황

누가 더 예쁜가
파아란 하늘 아래에서

주렁주렁 열매 달고 도토리 키재기한다.

겨울에는 흥겨운 아이들의 놀이터
함박눈 뭉칠세라
싸락눈 피할세라
아기자기한 발자국

새하얗게 소복하게 쌓인 눈 위에 찍힌다.

나는 가로수 길에서
사계절을 느낀다.

나

물 71퍼센트
탄소 18퍼센트
질소 4퍼센트
칼슘 2퍼센트

인 2퍼센트
칼륨 1퍼센트
황 0.5퍼센트
나트륨 0.5퍼센트 외

또

말 35퍼센트
웃음 20퍼센트
마음 15퍼센트
감정 10퍼센트

입맛 7퍼센트
촉감 7퍼센트
행동 4퍼센트
지식 1.5퍼센트 외

내 인체의
구성 성분

하루하루
날마다 자라면서

한 걸음 더
두 걸음 더

내 마음에
작은 꽃을 피워나가고 싶다.

태양

너무도 먼 거리에서
유일하게 빛을 내고 있다.

이집트인들이 숭배하던 존재
메소포타미아인들이 존경하던 존재
중국인들이 사랑하던 존재
인도인들이 고마워하던 존재

하지만 나한텐
그저 귀찮은 붉은 원일 뿐

여름에 뜨겁게
쨍쨍 내리쬐는 존재
겨울에 따사롭게
살살 뿌려주는 존재

언제나 내 곁에 있어
소중하단 것을 깨닫지 못했던 존재

따스한 햇살 아래에서
내 옆의 소중함을 못 느낀 존재에게
고마워해야겠다고 생각했다.

초등학교 5학년 때 쓴 시

조금 특별한 나의 숲

내가 살고 있는 숲은
초록빛 숲입니다.

꿈결 같은 목소리로 노래하는 새들도,
하늘하늘 휘날리는 형형색색의 꽃들도,
허둥지둥 도토리를 갉아먹는 다람쥐도,
새하얀 구름들과 손 맞잡은 수줍은 나무들도
나의 숲에는 살지 않아요.

그 대신
새들보다 정다운 선생님의 말소리,
꽃들보다 따스한 친구들의 웃음,
다람쥐보다 반가운 운동장의 햇살,
나무보다 추억 깊은 나의 학교가
조금은 특별한 내 숲에 있답니다.

사람들이 배낭을 들고 여행하는 곳은 아니에요.
어른들이 나무를 베고 열매를 따가는 곳도 아니에요.

내 마음속, 그 깊은 곳의
나만의 너무나도 행복한 추억의 숲이니까요.

조금만 더 팔을 벌려 준다면

한 발짝만 더 물러나고
한 발짝만 더 양보하면

한 번 더 웃을 수 있고
한 번 더 기쁠 수 있을 텐데.

사소한 일에 화를 내고
애꿎은 서로에게 화풀이하고
괜히 남에게 짜증을 부리고
아무 이유 없이 까칠하게 대하고

한껏 얽힌 마음이 엇갈려
결국 서로에게 등 돌리고 말지.

조금만 이해하고 조금만 배려해도
실패에 감겨진 헐거운 실타래처럼,
곧 어둠을 밝히며 찾아올
환한 아침의 햇살처럼
금방 스르르 풀어질 텐데.

화낸 일을 후회하며

먼저 사과할까,
고민하는 서로에게

조금만 더 팔을 벌려 준다면,

웃음이 찾아오고,
기쁨이 찾아오고,

서로의 웃음도
다시 찾아올 텐데.

결국에는 하나

나의 손끝에는 수억만 개의 세포가 있지만
결국 그 세포들이 있는 곳은 내 손가락 하나

나의 손가락은 한 손에 다섯 개나 되지만
결국 그 손가락들이 이어지는 곳은 내 손 하나

내 손은 두 개지만
결국 그 손들이 존재하는 곳은 '나'라는 존재 하나

많은 사람들이 동네에 살고 있지만
결국 그 사람들이 살고 있는 곳은 그 동네 하나

한국에는 엄청나게 많은 동네들이 잇지만
결국 따지고 보면 그 동네들이 속한 곳은
대한민국이라는 나라 하나

이 세계에 나라는 수두룩하지만
결국 그 나라들이 형성된 곳은 '지구'라는 존재 하나

지구 같은 행성들은 태양계에 8개나 되지만
결국 그 행성들이 있는 태양계는 단 하나

우리 은하에는 수만, 수억 개의 태양계가 있지만
결국 그 태양계들이 들어가 있는 곳은
우리의 은하 하나

은하는 우리가 상상할 수 없을 정도로 많지만
결국 그 은하들이 이어진 곳은 이 대우주 안

나와 너, 우리들과 너희들, 우리나라와 너희나라라고는
하지만
결국 우리는 한 우주에 속한 존재
결국 우리는 하나

길거리의 쓰레기통

아무리 더러운 쓰레기 넣어 주어도
'헤헤' 하고 뭐든 받아주고
아무리 신경질을 내며 걷어차도
'헤헤' 하며 뭐든 이해해 준다.

냄새를 맡고 달려오는 단골고객
통통한 파리들에게도 손짓하고
먹을 것 없나, 하고 조심스럽게 뒤지는 손님
도둑고양이에게도 반갑다고 인사한다.

병뚜껑에게도 샐쭉 웃음지어 주고
햄버거 포장지에게도 자리를 만들어 준다.
다 쓴 비닐봉지에게도 친절하게 대해 주고
부러진 연필조각에게도 아픈 곳 '호' 하고 불어 준다.

조용히, 조용히
도시의 어두운 그늘에 숨어서

아무도 모르게 다 받아주고
아무도 모르게 다 들어주는,
우리 모두의 쓰레기를 덜어가 주는 친구,

74

쓰레기통

나도 언젠가 크게 되면

쓰레기통처럼
우렁이 각시처럼 아무도 알아채지 못하게
뒤에서 조용조용
남의 고민 남김없이
다 받아줄 수 있는 사람이 되고 싶다.

밤

내가 본 밤은
내 창문 밖으로 펼쳐진 깊고 검은 융단
만질 수 있을 것 같은데 만질 수 없는
밤의 검은 양탄자

청소부 아저씨가 본 밤은
곧 찾아올 새벽을 위한 조용한 속삭임
농부 아저씨가 본 밤은
내일은 비가 올까, 걱정하는 근심 한 더미
어부 아저씨가 본 밤은
별빛 가득한 넓고 넓은 파도자락

풀벌레가 본 밤은
자연의 울음소리에 고동치는 새까만 악기
생쥐가 본 밤은
맛있는 음식 한 가득 담고 있을 비닐봉지
올빼미가 본 밤은
누구도 알 수 없게 숨겨주는 두꺼운 이불 한 겹

나무가 본 밤은
가지를 뻗어도 닿을 수 없는 멀고 먼 이상향

이끼가 본 밤은
다정한 친구처럼 따스한 어둠 속 숨결
바위가 본 밤은
절대 흔들리지 않는 진정한 단짝 친구

이 세상 여러 곳에서 본 모습은 다르지만,
때로는 친구로, 때로는 원수로 슬쩍 얼굴 들이밀지만,
항상 같은 모습, 같은 생각, 같은 얼굴의 밤

검고 검은, 항상 그대로의 밤

하늘 위를 쳐다보았을 때

하늘 위를 쳐다보았을 때
푸른 하늘이 너무나도 높아
훤히 트인 것 같다고 느끼면

지금 너는 답답하고 힘든 거야.

하늘 위를 쳐다보았을 때
구름 한 점 없는
깨끗한 베일이 보였으면

지금 너는 복잡하고 어지러운 거야.

하늘 위를 쳐다보았을 때
눈이 부시는 밝은 햇빛에
다시 땅을 보게 된다면

지금 너는 새로운 것에 도전해 보고 싶은 거야.

하늘 위를 쳐다보았을 때
고추잠자리들이 천방지축
날아다니는 모습이 눈에 들어온다면

지금 너는 자유로워지고 싶은 거야.

하지만,

하늘 위를 쳐다보았을 때
가을로 슬며시 접어든 하늘의 그대로,
지금 네가 보고 있는 하늘 그 자체가 보인다면,

너는 지금
이 순간 하나하나를 행복하다고 느끼는 것일 테지.

엄마

저녁 하늘에 짙게 깔린
옅은 주황빛 노을처럼

따스한 빛깔로 나를 안아 줍니다.

모든 것을 녹일 것 같은
함박웃음보다 조금 더 따사롭게

포근한 열기로 나를 데워 줍니다.

갓 구운 빵에서 풍기는
고소한 냄새처럼 짙게

오묘한 향기로 나를 반겨 줍니다.

새벽녘 바닷가에
몇 무리 지은 갈매기 소리같이

편안한 소리로 나를 보듬어 줍니다.

벌들이 꿀단지에 고이고이 저장해 둔

맛좋은 금빛 꿀이라도 되는 듯이

달콤한 맛으로 나를 일으켜 줍니다.

내가 힘들고 피곤해지면, 내가 지치고 아파지면,
내가 기쁘고 행복해지면, 내가 즐겁고 기분 좋아지면,
언제나 기댈 수 있는,
언제나 나눌 수 있는 엄마!

감사합니다!

청령포에서

빛이 반짝여 물 위에
점박이를 남기고 스쳐 지나갑니다.
절벽 끝에 꼿꼿이 서 있던 소나무도
바람 한 가닥에 살랑거리며 웃어 줍니다.

앞을 바라보니 잔잔한 물결이 보이고
뒤를 돌아보니 깎아지른 절벽이 보입니다.

이곳에 홀로 갇혀 있었다는
단종의 쓸쓸한 마음도
이제 조금이나마 이해할 것 같습니다.

돌길 위를 사뿐히 걷다 보면
아무리 조용히 발걸음을 내딛어도
어디선가 풀잎들이 그 소리를 듣고
어디선가 새들이 그 소리를 들어 줍니다.

그렇게 계속 청령포를 느끼다 보면

자신을 희생해
모두를 행복하게 하겠다는

단종의 마음이 온몸을 타고 전해오는 듯합니다.

오늘도 하늘에 뜬 달과 별들에서
단종은 청령포를 바라보고 미소 지을 거란 사실에,
나도 덩달아 웃음이 새어나오고 있습니다.

구불구불 뱃길 따라
청령포를 빠져나오며,
마음속으로 조용히, 조용히,
단종에게 손을 흔들어 줍니다.

청령포의 순풍 한 가닥에서
고맙다는 단종의 인사가 귀에 들리는 듯합니다.

양재천

수줍은 풀들을 감아올리던 바람이
강 내음 한껏 실어 흘러올 즈음,

내 마음도 억새처럼
한산하게 흔들흔들 흥에 겨워 춤을 춥니다.

굽이굽이 맑게 흘러내리는 강물도
지나가는 물새에게
한 가득 시원함 안겨 보내어 주고

하늘 향해 손 뻗은 이파리들도
바삐 날갯짓하는 곤충들에게
한 아름 향긋함 실어 보냅니다.

지나가는 비둘기조차도
잠시 물가 울퉁불퉁한 돌멩이에 앉아
숨을 돌리고

걱정이나 근심 하나하나까지
편안한 자연에
떠맡겨 버립니다.

내가 새들의 지저귐을 들을 수 있는 곳입니다.
내가 풀벌레들의 웃음을 들을 수 있는 곳입니다.
내가 바람의 부름에 답할 수 있는 곳입니다.

내가 자연을 느낄 수 있는 곳입니다.

여름

무더위가 왔다.
식물들이 햇빛을 피해 큰 나무 뒤에 숨고
큰 나무들도 햇살을 피해 하늘 뒤에 숨었다.

토끼는 더위를 피해 땅속 구덩이에 움츠리고
땅도 찌는 듯한 온도를 피해 어깨를 움츠렸다.

이 더위 언제쯤 갈까 싶어
하늘만 내다보며 한숨 푹푹 내쉴 때쯤,

'똑, 똑'
'툭, 툭'

한 방울씩 떨어져 내려
빗방울이 더위를 씻어 내린다.
숨이 턱턱 막히는
자욱한 더위를 밀어낸다.

나도 너도
여름이 되면
환한 미소를 지을 수 있게 된다.

눈꺼풀

씨름 선수도, 스님도, 똑똑한 박사도,
세계 기네스북을 세운 챔피언도
못 들어 올리는 것이 있다면, 그것은
바로 눈꺼풀이라고 한다.

조금 늦게 자도
금세 눈을 덮으려 드는 눈꺼풀
조금만 힘든 일을 하고 와도
금세 눈을 덮으려 드는 눈꺼풀
그 누구도 들어 올릴 수 없는 것,
그것은 바로 눈꺼풀

잠이 온 것을 알려 주기라도 하듯이
야속하게 껌벅, 껌벅, 껌벅
눈꺼풀 위에 돌덩이가
하나씩, 하나씩 쌓여지면서
우리는 잠에 빠져들게 된다.

난, 오늘 눈꺼풀이 계속 내려오고 있다.
눈꺼풀이 무겁고 아프다.
아마, 어제 숙제를 하느라
늦은 시간까지 잠을 안 자고 버텼었지?

기말고사의 두 얼굴

전날 밤에 '긴장하면 시험 잘 못 봐'
라는 말 듣고
절대 걱정하지 않으리라 생각하며
잠이 들었는데,

오늘 아침에는 웬일인지
어제는 깨끗이 가서 버렸던
긴장도, 걱정도, 근심도,
모두 돌아와 나를 괴롭힌다.

등교하는 내 어깨 위에도,
책을 꺼내는 내 손 위에도,
시험지 위에 끄적이는 연필 위에도,

긴장감이 쌓이고 쌓여
위태위태 흔들거리다
와르르 쏟아져 내리면
다시 또 다른 걱정이 그 자리를 메우고
그 걱정이 쏟아지면,
또 다른 근심이 자리를 차지하고

그렇게 그렇게
시험지를 다 내고 보면,
분명히 실수했을 거라며,
'더 공부해 둘 걸' 후회감마저
밀려들어 온다.

다음 날에도 떠나지 않은
근심과 걱정들이
'이제 시험 점수가 공개되는 날~'
이라며 비웃는다.

수북히 쌓인 긴장과
한가득 손에 쥔 땀도
'콩닥, 콩닥'
계속되는 떨림은 멈춰줄 수 없다.

시험점수 하나하나
공개될 때마다
친구들 입엔,
웃음이 한가득 피어오르고,
실망이 한껏 몰려들어 온다.

내 입가에도
웃음이 살짝 걸리고,
아까만 해도
심장이 뛰어 숨까지 찼었는데,
모두 괜찮아진 지금은
'에이~ 이것 가지고 내가 긴장했나?'
하며 괜히 허세를 부린다.

기말고사가 끝나는 날,
나와 친구들은
웃고, 울고, 실망하고, 기뻐하며,
이제껏 점수가 나왔을 때보다
더 긴장하고 더 걱정했던 순간들을

우리들의 웃음소리에 딸려 보낸다.

'이제 한동안은 시험 걱정
안 해도 되겠네.'
하며, 걱정 한 점 없는 웃음소리에
멀리 멀리 떠나보낸다.

5학년 1학기

5학년 1학기가 지나간다.
개학해서 친구들을 만나게 된 것도

어제쯤이나 되는 듯한데
벌써 한 학기가 가고
방학을 맞이할 때가 왔다.

그동안 울고 웃으며
한 뼘 더 자라고
한 뼘 더 성숙해진 5학년 6반 친구들

아쉬운 점도, 만족한 점도 있지만
아직 더 하고 싶은 것도, 끝내고 싶은 것도 많지만
이만큼 기쁘고 좋았던 날들은 없었던 듯하다.

이제 방학 동안 더 자란 모습으로
다시 정든 교실의 문을 열고 들어와서
서로를 맞이할 때를 기다려야 한다.

그때도 내 모습 부끄럽지 않게
더 많은 추억 품고 돌아와야겠다.

너와 나, 하나 되는 그날

55년이라는 세월이 흘렀다.

우리가
너와 내가 되어버린 지,

하루하루 시간이 흐를수록
우리 마음속 상처는
6·25 총알보다 더 깊이
박혀만 가고

자석의 같은 극처럼 서로 밀어낼수록
할머니의 쭈글쭈글
주름살은
점점 늘어만 간다.

평화의 힘으로
저 고집스런 휴전선 걷어내고
마지막 분단국가라는 부끄러움
쓱쓱 지워 버리자.

한민족의

뭉친 힘으로
폐허가 된 용천 소학교에
희망의 새싹 틔우듯

갈등과 대립의
바윗돌
사랑과 화해로
저 멀리 날려 보내자.

너와 나, 하나 되는 그날
보고 싶다.
그리움 가득한
우리 얼굴에

새록새록 피어나는 함박꽃 웃음을.

단풍잎

투명한 쪽빛 호수 아래의
선명한 몇 무리의 붉은 점
가을의 석류빛 꽃, 단풍잎

하늘마저 금빛으로 물들이며
내리쬐던 햇살 줄기를
단풍잎은
기지개 켜며 보듬고,

짙푸르게 반짝이던
보석 조각 하늘에서
쏟아지던 빗방울 가루를
단풍잎은
다섯 손가락 벌려 안고,

긴 흔적을 남기며 흘러가는
가을향 깃털구름 사이로
불어오던 바람 가닥을
단풍잎은
손마디마다 살포시 감았다.

자연이 아무 대가 없이
끝없이 내려 준 이 사랑이
나무도 고마웠는지
단풍잎은
얼굴 빨개지며 수줍어한다.
오늘 단풍잎의 꿈도
빠알간 고마움이겠다.

염색

녹색의 푸름이 한껏 담긴 물에
새하얀 꽃잎 몇 송이가 내려앉았다.

혈관을 타고 조심스럽게 올라오는
봄의 향기가 수줍어

꽃잎은 향기로운 녹색에
살며시 녹아든다.

깊게 깊게 문양을 남기고
푸욱 푸욱 삶다 보니

흰 꽃잎에도 어느새 봄이 왔다.

봄의 내음과 함께
흰 꽃잎이 점점 물들어간다.

조금 전까지만 해도
하얗게 색을 간직하던 꽃잎도,
순식간에 녹색 숲에서
조용히 휘날리고 있다.

벚꽃비

햇님도 수줍어 잠시 숨어버린
더할 나위 없이 화창한 계절 안에

하늘하늘 치맛자락 휘날리며
꽃잎 하나가 슬며시 떨어져 내린다.

바람이 아슬아슬 벚꽃을 스치고
누가 그랬냐는 듯
나무줄기 사이로 녹아들어 버리자

꽃잎도 한 장 한 장
공기에 매달려 춤추며 내려온다.

빼꼼히 쌓인 벚꽃 눈 새로
촉촉한 잎 하나가 고개를 든다.

아웅다웅 다퉈가며 겨루듯
아스라이 폭포수로 흘러내리는 벚꽃을
가만히 보고 있다 보니

어느새 내 마음속에도
행복한 벚꽃비가 내리고 있었더랬다.

녹차와 홍차

쌉싸름한 풀꽃 내음
한껏 담아 섞다 보면
어느새 그 쓴 맛도
달달함으로 변해 버렸었지.

손으로 조심히 들어 올려
그 영롱한 빛깔을 밀어 넣다 보면
혀끝이 아리도록 개운한 맛에
그만 미소를 지어버렸더랬지.

내가 봄을 다 간직하고 있는 것 같아
그 누구도 부럽지 않았었지.

시디신 열매의 맛
잔뜩 머금어 휘젓다 보면
어느새 그 신맛도
상쾌함으로 변해 버렸었지.

찻잔을 놓쳐 그 황홀한 빛이 사라질까봐
조심조심 입 안으로 흘려 넣다 보면
머리가 띵해지도록 시큼한 맛에

그만 한 잔 더 마셔버렸더랬지.

내가 가을을 다 간직하고 있는 것 같아
그 누구도 부럽지 않았었지.

지금도 녹차와 홍차를 보면,
봄과 가을을 모드 머금은 듯
시원한 녹색과
따스한 갈색이

코 구석구석을 간질여 주는 것 같아

만족스러웠지.
행복했지.

비

빗물이 또르르 굴러내려
웅덩이에 앉았다.
소리 없이 작은 원들이
웅덩이에 그려진다.

'또르르, 또르르'
처마 끝에 아슬아슬
매달려 줄타기를 하는 빗방울들도
하나하나 떨어져
웅덩이에 내려앉았다.

비구름이 심술을 내는지
빗물은 쏴아— 쏴아— 많아져만 간다.

창문을 똑— 똑— 두드리는
저 많은 손님들이 사라져갈 즈음,

빗물이 전해진 추억들이
언뜻 언뜻 떠오른다.

알뜰 바자회

와글와글 시끌시끌
아침부터 우리 운동장은 잔뜩 붐빈다.

이걸 살까 저걸 살까 고민하는 친구들
냠냠 쩝쩝 먹고 있는 친구들
물건을 놓고 흥정하는 친구들
기웃기웃 구경만 하는 친구들

모두 왁자지껄 들떠있다.

예쁜 캐릭터 그려진 스티커에 100원
만들 때 들어간 정성처럼 맛좋은 떡꼬치에 500원

제목조차 특이한 책 한 권에 300원
손 안에 쏙 들어오는 작은 샤프에 50원

단물이 입에서 한껏 맴도는 껌 한 통에 100원
고양이 무늬가 색다른 다용도 주머니에 300원

돈을 쓰면 쓸수록 지갑의 두께는 줄어들지만,
내 마음의 만족감은 더 늘어난다.

릴레이 경주

사람들은 지극히 사소한 일에도
무아지경으로 기뻐한다고 하죠.

힘이 빠져 느려지는 선수의 속도에
내가 같이 달려주고 싶은 듯 발을 동동 구르고
실수로 배턴을 떨어뜨렸을 때
안타까움과 아쉬움에 가슴을 쓸고

다른 친구들에게는 긴장하지 말라며
툭툭 어깨를 치며 여유를 부리다가
내 차례가 오면 언제 그랬냐는 듯
심장이 쿵쿵 뛰고 식은땀마저 줄줄 흘러내립니다.

친구들의 달리는 모습 하나하나에
애간장이 타서 안절부절못하고
이기고 있을 때, 지고 있을 때
표정 변화가 천차만별이지요.

그리고 최후의 순간, 마지막 선수가
도착점을 향해 달려 나가 테이프를 끊는 순간,
가슴 속에서 터져 나왔던 기쁨의 환호성은

저 파아란 하늘에 멀리멀리 울려 퍼지죠.

나중에 돌아보면 너무도 소소한 기억이겠지만,
지금 이 순간만큼은
세상을 다 얻은 것처럼 기쁘지요.

모순

손끝에 가시가 박혔을 때
그 가시를 뽑을 순간의 아픔이 두려워
계속 그 가시를 놔두었습니다.

그렇지만, 알고 계시나요?
한 번에 가시를 뽑아버리는 것이
계속 가시에 찔리며 아파하는 것보다 쉽다는 걸.

수도꼭지에서 물이 쏴아— 하고 쏟아져 나올 때
콸콸 흘러내리는 물이 아무래도 아쉬워
손으로 수도꼭지의 입구를 틀어막았습니다.

그렇지만, 알고 계시나요?
수도꼭지를 열어 물이 흘러내리게 했을 때보다,
일부러 입구를 막았을 때, 물이 더 세게 흐르게 된다는 걸.

방 안의 어둠에 눈이 적응되어 밝은 곳에 나갔을 때
눈이 부실 그때의 그 통증이 무서워
계속 그 방 안의 어둠에 앉아 있었습니다.

그렇지만, 알고 계시나요?

그 어둠을 딛고 밝은 빛 속으로 나아가는 것이,
계속 어둠 안에서 무서워하는 것보다 편하다는 걸.

누군가에게 말을 걸어 보려고 했을 때,
무시당할 거라는 걱정에 밀려
그만 슬쩍 다시 돌아서고 말았습니다.

그렇지만, 알고 계시나요?
막상 물어본 다음 무시당하는 일이,
계속 말을 걸지 못하고 힘들어하는 것보다 홀가분하다는 걸.
이 길이 더 쉽다는 걸 알면서도
괜한 두려움에 저 길을 택하는 것,
그것이 바로 모순입니다.

김삿갓이 되어서(김삿갓 유적지를 다녀와서)

괴나리봇짐에 다 헤진 짚신
털레털레 돌아 다녔건만
어느 한 사람 순순히
활짝 대문 열어주는 사람 없네.

한산한 저녁 바람에
몸을 맡기다 보면
어느새 노을은 지고
밤이 기어왔다더라.

깊게 깔린 별바다 속을 헤엄치며
그대로 그렇게 잠에 빠졌었는데

세상사람 단 한사람도
몰라주는 방랑자이지만,
그 누구도
외면하는 떠돌이지만,

누가 알겠는가
그 삶에 숨은 행복을!
자유로움을!

중·고등학교 때 쓴 시

내가 시를 쓰면

시는 와서
슬픔이 흘리는 눈물을 받아먹는다.
그리고 그걸 조금 더 딱딱하고 짭짤한 소금 덩어리로
응집시켜 바닥에 내려놓는다.
시시함이 그 소금 덩이를
두어 번 핥고 버린다.

마음이 그걸 자근자근 밟았다.

고마움이 그걸
다시 집어 들었다.
작은 두 손을 구부려
소금 덩어리가 들어갈 만한,
좀 더 큰 그릇을 만들어 준다.

기쁨도 눈물을 흘렸다.
소금 덩어리는 그 눈물에 녹고 말았다.

그리고 시는 다시 그 눈물을
바다로 보냈다.

그때 바다는 내가 쓴 시만큼 조금 더 짜진다.

실을 따라가다 보면

손에 잡힌 가느다란 실
따라가다 보면
몇 걸음 가다 못해
덜컥 멈춰섭니다.

샛노랗게 들판을 밝힌
보송보송한 민들레꽃 위로
죽죽 그어진 선들을 보면

언제까지고 잡힐 것만 같던 실도
중간에 뚝 하고 끊어집니다.

놓칠세라
두 손으로 꼬옥 잡아둔 실
바람에 휘청휘청 흔들거리면
우리 할머니 걱정도 비틀거리고

다칠세라
가슴 속 품어둔 실
소낙비 피해 바둥거리면
우리 강산도 아픔에 겨워 몸부림합니다.

서로 손가락질하며 보낸 덧없는 시간
휴전선 마디마디에 길게 널려
꾸역꾸역 하품만 하는데

그리움만 넘나드는
반쪽 땅들에게는
누구 하나 지나치는 발길 없네요.

철창 너머로 던져버린 실 가닥
내 친구 내 동무 만나주거든
조각조각 얽힌 염원 잡아주세요.

새로이 싹튼 희망 걸어두세요.

라면

허연 플라스틱 용기가 내뱉는 기침을
우글거리는 컵라면 뚜껑으로 씌웠다.
나무젓가락으로 입을 집어버렸다.
뚜껑 위에 삼각김밥도 하나 올라간다.

끓는 물에 아픈 고춧가루가 녹자
라면이 비명을 질렀다.
아우성을 치고 다리를 뻗댔다.
우루룩 우루룩 하얗고 뜨거운 증기를 뿜어댔다.

뚜껑은 3분 동안 닫혀 있었다.

면은 벌겋게 데여
눅눅해지다가
부들부들해지다가
맛있게 먹힌다.

이제 길들여진 면에서는 뻘건 국물 냄새가 난다.
라면은 이제 할 말이 없어졌다.

일반 쓰레기라고 쓰인 곳에 버려진 컵라면 뚜껑
안쪽에는 채 흐르지 못한 눈물들이 무수히 맺혀 있다.

뜬금없이

어디야, 라고 뜬금없이 물었을 때
나 여기에 있어요
라고 대답할 수 있는 사람은
분명히 누군가를 기다리던 사람이겠다.

한 발자국만 떨어져도
그 사이를 무수히 많은 공기 덩어리들이
꾸역꾸역
비집고 들어온다.

투명한 덩어리들에 밀려
내가 짓는 웃음이 조금씩은
납작해질는지 몰라도

나는 아직 여기에 있어요,
나 여기에 있어요.

짜장 면발조차

짜장 면발이 휙, 툭, 철퍽!
누런 건더기 하나가 도마 위에 올랐다.

둔탁하게나마 민첩한 손바닥이
건더기에 대고 서서히 억울함을 풀어준다.
군데군데 웅그러진 반죽들도
허리춤의 비곗살을 어느새 내어 놓았다.

손가락 몇 개가
밀가루를 갈군다.

속이 빈 자루마냥
반죽들이 서로에 밀려가며
누런 색의 피곤한 무지개를 만든다.

길게 잡아당긴 짜장 면발은
항상
가운데서부터 시작해 옆으로 얇아져 나갔다.

허연 가루가 들러붙은 마디로
늘려도 벌려도

끝까지 길게 늘어나기만 하는 그게
그리움이었을까, 했더니

면발들은 길어지면 얇아졌더라.
그리움은 멀어지면 두꺼워졌던 것 같다.

컴퓨터로 쓰지 않은 시

컴퓨터를 부팅해 쓴 그 시는
백스페이스가 있고 되돌리기가 있고 취소가 있다.
글자와 글자 중간에 끼워넣기도 있고 잘라내기도 있고
복사 후 붙여넣기도 있다.

자간, 장평, 단락 간 간격도
처음부터 끝까지 나란하다.

방정맞게 깜박거리는 커서에 쫓겨 쓴 그 시는
키보드 자판을 보고
ㅆ, ㅡ, ㄴ, ㅅ, ㅣ 이지
내 시를 보며 쓴 시가 아니다.

불거진 종이 위 지우개똥에서 영감을 받을 수고
지우다 만 연필자국 위를 그대로 다시 따라 쓸 수도
없는 시이다.

그래서 컴퓨터로 쓴 시는 인생이 아니지만
손으로 쓴 시는 인생이 되어간다.

오다형

용인외국어고등학교 재학

수상내역
서울 학생상(창의성 발현부문) 수상(2009)
2010 희망누리체험단(서울시 글로벌리더 양성 프로그램) 선발
제1회 국제청소년 학술대회(KEDI) 우수 학술자상 수상(2010)
서울 시민상 우수상 수상(글로벌 리더십 부문, 2011)
서울시 중학생 토론대회 최우수상 수상(2010)
강남교육청 과학영재교육센터 수료(2006~2009)
서울대학교 과학영재교육원 심화 및 사사과정 수료(2010~2011)
서울시 영재교육원 창의적 산출물대회 대상 수상(2008)
전국청소년과학탐구토론대회 은상 수상(2011)
제3회 국제청소년 과학창의대전(KISEF) 특별상 수상
제32회 북경청소년 과학기술창신대회(BYSCC) 2위(2012)
대한민국발명스토리 콘텐츠공모전 전국은상 수상(2012)
제4회 아시아 퍼시픽 모의법정대회 2위(2012)
코리아타임즈 영어 경시대회 에세이 대상 수상(연속 5회)
글로벌 영어 경연대회 최우수상 수상(2012)
한국 청소년 단체협의회 12, 13기 청소년 위원으로 활동
"조금만 더 팔을 벌려준다면" 시 초등 6학년 도덕교과서 게재(2012, 2013)
교내 백일장 대회(산문, 운문 부문) 장원(2009, 2010, 2011)
신사중학교 졸업대상 수상(2012)
용인외국어고등학교 전체 수석 입학 및 성적우수장학금, 삼성-동아 열린장학금 수혜(2012, 2013)

조금만 더 팔을 벌려 준다면

초 판 인 쇄 | 2013년 4월 19일
초 판 발 행 | 2013년 4월 19일

지 은 이 | 오다형
펴 낸 이 | 채종준
펴 낸 곳 | 한국학술정보㈜
주　　소 | 경기도 파주시 문발동 파주출판문화정보산업단지 513-5
전　　화 | 031) 908-3181(대표)
팩　　스 | 031) 908-3189
홈 페 이 지 | http://ebook.kstudy.com
E-mail | 출판사업부 publish@kstudy.com
등　　록 | 제일산-115호(2000. 6. 19)

ISBN　　978-89-268-4250-8 03810 (Paper Book)
　　　　978-89-268-4251-5 05810 (e-Book)

여담 은 한국학술정보(주)의 지식실용서 브랜드입니다.

이 책은 한국학술정보(주)와 저작자의 지적 재산으로서 무단 전재와 복제를 금합니다.
책에 대한 더 나은 생각, 끊임없는 고민, 독자를 생각하는 마음으로 보다 좋은 책을 만들어갑니다.